FRÉDÉRIC

A JÉNA;

Par D. BAILLOT, Sous-Bibliothécaire
de la ville de Versailles.

Transivi intrepidus per mille pericula victor,
Non acies ferri, non clausis mœnia portis,
Conatus tenuêre meos : domat omnia virtus.
(Hercul. Élog. Antholog.)

Qu'ils apprennent que s'il est facile d'acquérir un accroissement de domaines et de puissance avec l'amitié du Grand-Peuple, son inimitié est plus terrible que les tempêtes de l'Océan.
(*Prem. Procl. de l'Emp.*)

A PARIS,

Chez { BALLARD, Imprimeur - Libraire, rue J.-J. Rousseau, n°. 8;
Et les Marchands de Nouveautés.

1807.

FRÉDÉRIC A JÉNA.

VOUS pour qui sont ouverts les trésors du Permesse ;
Qu'un souffle créateur remplit de son ivresse ;
Accourez, fils des arts, saisissez vos pinceaux,
Vos immortels burins et vos doctes ciseaux.
Que votre ame s'épure au feu de Prométhée.
Élèves de Linus, héritiers de Tyrthée,
Poètes que jadis le commerce des Dieux
Semblait initier au langage des cieux,
Muets, vous suspendez la divine cythare !
Tant d'exploits ne sauraient enfanter un Pindare !...
Hâtez-vous, méritez un nom et des lauriers ;
Suivez aux bords Saxons le vol de nos guerriers ;
Rendez-nous les beaux jours d'Athènes et de Rome ;
Que tous les arts unis célèbrent un grand homme.
Par lui des fictions l'empire est limité :
Dévoilez à nos yeux l'auguste vérité.

Pour la première fois j'ose prendre la lyre ;
Mais l'appui de la France est le Dieu qui m'inspire :

Pour chanter son triomphe et dire nos succès,
Quoique jeune il suffit d'avoir un cœur français.
Sur les pas d'un héros, d'une aîle plus hardie,
Vole, avide d'exploits, la pensée agrandie;
Le poète en son sein las de la contenir,
Interroge la gloire et parle à l'avenir.
Dans ses novices mains si la lyre se brise;
Il lui reste l'honneur de sa noble entreprise.

La Prusse florissait; le Salomon du Nord
Semblait dans ses neveux la gouverner encor.
Son prince était lié par la reconnaissance;
L'amitié du Grand-Peuple assurait sa puissance:
D'ennemis entouré, témoin de leurs combats,
L'olivier de la paix ombrageait ses états.
Sur un mont, tel un chêne à l'abri des orages,
Voit au fond des vallons se heurter les nuages,
Quand sa tête robuste et qu'épargna le tems,
Brave, sous un ciel pur, la rage des autans.

Tout-à-coup lacérant, d'une main criminelle,
De l'antique union la charte solennelle,
Les Prussiens jaloux soulèvent l'Univers;
Ils veulent des combats, ils auront des revers.

Aux manœuvres de Mars dressés par la victoire,
Leurs fortunés rivaux comptent quinze ans de gloire :
Menacer leur monarque et défier ses coups,
C'est d'Hercule vainqueur affronter le courroux.
Et la Prusse à César ose ordonner la fuite!...
La fuite!... mais déjà, par le héros conduite,
La Grande-Armée arrive aux plaines des Semnons;
Déjà de l'Ostphalie elle a franchi les monts : (*a*)
Devant les Francs, devant ces tubes homicides,
Foudre et glaive à-la-fois dans leurs mains intrépides,
Devant ce fer par eux l'instrument des destins, (*b*)
A Jemmape, en un jonr, si fatal aux Germains,
L'oppresseur des Saxons fuit et jète ses armes.

Sombre enfant du chaos, de Mars et des alarmes,
De la destruction le génie abhorré
S'élance des enfers, et de sang altéré,
Dans les champs du carnage, appelant ses ministres,
Fait retentir les airs de ses accens sinistres.

A ce cri plein d'horreur, à ce signal de mort,
Qui dans le cœur des rois éveille le remord,
Les descendans d'Albert de leurs tombeaux répondent. (*c*)
De lamentables voix se mêlent, se confondent;

Et de leurs monumens, humble et dernier réduit,
Semblables aux vapeurs qu'un soir d'été produit,
Ces spectres, ceints encor de la pourpre royale,
Se lèvent lentement. La lueur sépulcrale
Des lampes, qui du temple éclairent les degrés,
Sert à guider leurs pas sous les parvis sacrés.

Inquiets, étonnés du soin qui les rassemble,
Là, George et Sigismond viennent siéger ensemble.
Là, s'avancent, suivis de leurs nombreux aïeux,
Ce premier Frédéric, dont le faste orgueilleux
Prétendait de Louis atteindre la puissance,
Et son fils, roi soldat, ignorant la clémence,
Présageant l'avenir, le front couvert de deuil,
Albert, en frémissant, a quitté son cercueil.
L'ombre de Frédéric, de ce monarque austère,
Philippe dans la paix, Alexandre à la guerre,
Prend place à leurs côtés, et le grand Electeur
A ce sénat de rois exprime sa douleur.

« Quand l'airain nous réveille, aux rives de la Sprée,
» Quel monarque insensé trahit la foi jurée ?
» Protecteurs des Bretons, ministres dangereux,
» A quels maux livrez-vous un peuple généreux !

» Une reine, une mère, inquiète Amazone,
» Pour suivre la Discorde, abandonne son trône.
» Elle rompt les traités, commande aux vieux soldats
» Que le héros du Nord guida dans vingt combats.
» Sur les siens, imprudente ! elle attire la foudre :
» Les désertes cités, et les remparts en poudre
» Des malheurs de son règne accuseront les cieux.
» Des Francs, dit Albion, le chef audacieux
» Prétend rendre à ses droits la Pologne asservie.
» Il veut que libre encore aux champs de Varsovie,
» Des Palatins, armés pour leur antique loi,
» La diète belliqueuse élise enfin un roi.
» Et soudain on menace, on attaque la France !
» Du fils des Frédéric quelle est donc l'espérance ?
» La Suède arme-t-elle ?... armemens superflus!
» Gustave est dans la tombe, et Charles ne vit plus. (*d*)
» Le Czar... veut-il, d'Olmutz oubliant la retraite,
» Prouver, en succombant, sa première défaite ?
» Albion le seconde... elle enverra ses lords
» Offrir, pour prix du sang, l'opprobre et des trésors.
» Nos fils succomberont : mais déjà les tempêtes
» Grondent dans le lointain, s'amassent sur leurs têtes.
» Vieux guerriers, de ce roi que craignaient les Bourbons,
» Avez-vous oublié les sévères leçons ?
» Des conseils de l'honneur votre ame fut nourrie ;
» Avant d'armer vos bras, consultez la patrie ».

L'ombre auguste, à ces mots, abaisse ses regards
Sur le grand Frédéric : « Avant que les hazards,
» Reprend-t-elle, ô mon fils ! forcent ma faible race
» D'invoquer la pitié du Franc qu'elle menace,
» Vers la Saxe où des tiens va se régler le sort,
» Daigne, appui de ton sang, prendre un sublime essor.
» Inspire à ton neveu l'amour de la sagesse ;
» Mais s'il n'écoute, hélas ! qu'une ardente jeunesse,
» Contre ce peuple altier, contre ces fiers vainqueurs,
» Des feux de ton génie embrâse tous les cœurs ;
» De la voûte des airs plane sur ton armée,
» Rappèle à tes soldats leur vieille renommée.
» Que ton ombre, luttant contre Napoléon,
» Dissipe cet effroi qu'éveille au loin son nom,
» Et reviens satisfait en ces demeures sombres,
» Nous dire tes travaux, et rassurer nos ombres ».

Ainsi des Frédéric l'aïeul dicte son choix :
Par un murmure sourd, ducs, margraves et rois
L'approuvent, dans leurs yeux un rayon d'espoir brille.
Le monarque se rend au vœu de sa famille ;
Il s'éloigne, et voilé des plis de son linceuil,
Du temple de la mort il repasse le seuil.

Non loin des lieux témoins d'un serment téméraire,
Vers ces jardins, ce parc où sous les yeux d'un père

Guidant, novice encor, sa garde de géans,
Il semblait préluder aux exploits éclatans
Que l'avenir gardait à son jeune courage,
Le prince alors contemple, assis sur un nuage,
Ces palais érigés avec l'or des Germains,
Créés par sa valeur, ouvrage de ses mains (*e*).
Sacrifiant en paix aux filles de mémoire,
Là, guerrier philosophe, écrivant son histoire,
Il léguait pour richesse à ses derniers neveux,
L'exemple et les travaux de ses premiers aïeux.
Là, dans le sein des arts, quelquefois à sa vue,
Se montra, mais de loin, cette vierge ingénue,
Sœur de l'égalité, compagne du malheur,
L'amitié, qui des rois fuit la triste grandeur,
Se cache loin des cours et ne veut point de maître.

Près de quitter ces murs, ces bords qui l'ont vu naître,
Il admire Berlin : formé de cinq cités, (*f*)
La Sprée, en écumant, de ses flots argentés
L'environne, et ses bras pénétrant son enceinte,
De nœuds multipliés de toute part l'ont ceinte.
Orgueil de ses grands ducs et berceau de ses rois,
Amour des Frédéric, le tems fonda ses droits.

Mais l'ombre a revu l'Elbe, et ses regards stoïques
Des fils de Witiking cherchent les champs antiques.

O plaines de Rosbach, avec ravissement, (g)
Frédéric vous contemple! et toi, vain monument,
Trophée injurieux où Mars inexorable
Grava les longs revers d'un règne déplorable!
Honte de nos guerriers trop punis du refus
De mourir pour un roi qui ne gouvernait plus!
Si du sage du Nord l'ame avec complaisance
Rappèle à ton aspect l'opprobre de la France;
D'autres pensers bientôt dans son cœur déchiré
Étouffent cet orgueil dont il s'est ennivré.
Il traîna la Fortune à son char de victoire;
Le premier de son siècle, aux fastes de l'histoire
Il inscrivit son règne : à ses Francs belliqueux,
Le premier de son siècle, en ces tems glorieux,
Napoléon, offrant les Romains pour modèles,
Vers l'immortalité, par des routes nouvelles,
Guide, sans perdre un jour, son char triomphateur.

Quelle était de Bourbon l'infortune, l'erreur!
D'avides courtisans, dont le crédit coupable
Se parait d'un grand nom, avant eux redoutable,
Recevaient, ennivrés des faveurs de la cour,
Le sceptre des guerriers des mains de Pompadour;
Et des lys en leurs mains la tige s'est flétrie.
Maintenant une reine ose armer sa patrie;

Et vers Rosbach, chassant devant lui le trépas,
Le vainqueur d'Austerlitz déjà marche à grands pas.

Frédéric en gémit, morne et l'ame oppressée,
Il fuit cette colonne à sa gloire dressée.

Aux remparts de Lutzen, vers ces monts, dans ces champs
Si remplis de hauts faits, de souvenirs touchans, (*h*)
Où l'heureux Suédois, alors cher à la gloire,
Au prix du plus beau sang acheta la victoire;
Au lieu même où parmi cent guerriers confondus,
Tomba le grand Gustave entouré de vaincus;
L'ombre d'un chevalier, pâle, défigurée,
S'appuyant tristement sur la pierre sacrée,
Qui du trépas d'un roi garde le souvenir,
Semble vouloir cacher les pleurs du repentir.
Frédéric s'en approche, à de royales marques,
Il reconnaît sa race et le sang des monarques.
Mais l'ombre, de sa main, couvre ses traits flétris;
Un sang noir, à grands flots baignant ses flancs meurtris,
S'épanche de son sein qu'a déchiré le glaive.
Aux accens du héros, plaintive, elle soulève
Sa tête appesantie et la baisse soudain.
Immuables décrets de l'éternel destin!

C'est le fougueux Louis ; c'est le fils de ce frère
De ce bon Ferdinand, dont l'amitié sincère (*i*)
Consolait sa vieillesse, en charmait les soucis.
Il ne vit plus, hélas ! que pour pleurer un fils !

Le monarque agité rompt bientôt le silence :
« Quel sort te réservait une aveugle vaillance !
» Fier Louis ! tu n'es plus, et l'ange du trépas
» Par ta chûte, des Francs marque les premiers pas !
» Tu voyais leur triomphe avec un œil d'envie,
» Quand le sort t'effaçait du livre de la vie.
» C'en est fait, et le bras de la fatalité
» Va peser sur un frère et sa postérité.
» Ah ! du moins en héros tu fermas ta paupière :
» Dis-moi quel chef fameux ton audace guerrière
» Crut dompter, lorsqu'à peine on marchait au combat ?
» Sous quels coups expirant ?... - Sous les coups d'un soldat,
» Répond l'ombre ; un soldat, grand de son seul courage,
» Osa me proposer la honte et l'esclavage ;
» Mon glaive l'en punit : la vengeance à sa main
» Ouvrit jusqu'à mon flanc un rapide chemin (*j*)
» — Ainsi donc la Fortune aux maîtres de la terre
» Vient apporter des fers sur l'aîle du tonnerre !
» Le sceptre est trop pesant pour leurs bras énervés,
» Ainsi par le destin les rois sont éprouvés !

» Vieux Brunswick, qu'as-tu fait! — Il hésite, il chancèle;
» Chaque heure voit commettre une faute nouvelle : (*k*)
» Du Weser, de la Sale, il prétendait en vain
» Garder les bords couverts par cent bouches d'airain ;
» Nos guerriers sont tombés; la honte les accable.
» Les fleuves sont franchis : ardent, infatigable,
» NAPOLÉON (Brunswick le croyait loin encor!)
» NAPOLÉON s'avance : en son rapide essor,
» L'aigle, hôte des rochers, de son aire sanglante,
» Fond avec moins d'ardeur sur la brebis tremblante.
» Aux fils des fiers Saxons, esclaves dans nos rangs,
» Comme un libérateur il s'offre avec ses Francs.
» Rien n'arrête leurs pas; craintives, stupéfaites,
» Nos phalanges déjà présagent des défaites.
» Et le roi, cependant, se prépare au combat;
» Veut tenter la fortune; et du sort de l'Etat
» Un jour, un seul instant, va décider peut-être.
» Ce guerrier que le Nord dut apprendre à connaître;
» Ce guerrier dont moi-même accusai le bonheur,
» N'est que trop tôt présent au rendez-vous d'honneur.
» O toi! des Prussiens indomptable génie!
» Il en est tems encor, sauve ta monarchie,
» Eclaire ses soutiens, verse dans leurs esprits
» Ce feu, ce noble feu dont parurent nourris
» Ces vieux soldats sous toi certains de leur trophée ».

En achevant ces mots, d'une voix étouffée,
Louis, prêt à rentrer dans l'éternelle nuit,
Murmure Ferdinand, nomme une mère et fuit.
Devant le voyageur, en des landes arides,
Ainsi passent soudain ces tourbillons rapides
Que disperse l'auster sous un ciel enflammé.

Des discours de Louis justement alarmé,
Frédéric en son cœur sait étouffer la plainte.
Sur son front soucieux la tristesse est empreinte;
Son regard est plus sombre; et bientôt dans les airs,
Se traçant une route au séjour des éclairs,
Au plus haut de ces monts dont l'inégale chaîne (*l*)
Domine d'Jéna les remparts et la plaine,
Il se pose, entouré d'un amas de vapeurs.

C'était l'heure où livrés à des songes trompeurs,
Les humains sont heureux. De ses aîles funèbres
La nuit couvrait le monde. A travers ses ténèbres,
A peine au firmament d'un long crêpe voilé,
Se montrait le contour de son front étoilé.
Sans cesse élargissant leurs flancs chargés d'orages,
Dans le vague des airs roulaient d'affreux nuages

Qui semblaient prêts à joindre, en leurs noirs tourbillons,
Le choc des élémens au choc des bataillons.

Autour de ces côteaux, dans cette plaine immense,
Le tumulte des camps a fait place au silence.
Silence affreux, lugubre, et qu'interrompt souvent
Le cri de la vedette emporté par le vent.
Les enfans de la Prusse, étendus sur l'arène,
Attendent le soleil. A la clarté lointaine
Des innombrables feux auprès d'eux allumés,
Parmi ces combattans, de vengeance affamés,
Tes yeux, ô Frédéric! tes yeux cherchent encore
Ces vieux soldats par toi dressés à leur aurore.
Ah! quel est ton courroux! des jeunes gens fougueux,
Inhabiles guerriers, vains de quelques aïeux,
Les guident à la mort qui les attend eux-mêmes.
Épuisant leur génie en stériles systêmes,
Brunswick, ses lieutenans, sous les murs des Saxons,
Vont de leur sang payer l'oubli de tes leçons.
Tu vois près d'eux ces chefs... ah! prends soin de leur vie,
Ils marchent à regret à cette guerre impie; (*m*)
Ils suivent leur monarque, indignés, mais soumis.
« Roi parjure! à ta cour sont tes vrais ennemis.
» Tremble: d'un vain desir ton ame est occupée;
» Ton sceptre!... tu le perds, si tu tires l'épée ».

C'en est fait, le combat ne peut être incertain,
En vain l'ombre s'oppose à l'homme du destin.
On dirait que du tems il a ravi les aîles.
Il vient environné de ses gardes fidèles; (*n*)
Sa main frappe : la veille elle offrait le pardon.
O vainqueur de Rosbach! contre NAPOLÉON
Que peuvent tes soldats et leur vieille tactique!
Ce colosse guerrier qu'arma ta politique,
Que de ta vie entière ont créé les travaux;
Il va s'évanouir aux regards du héros.

Combien, de Frédéric, s'irritent les pensées!
Vers les Francs, sur ce mont où leurs lignes pressées
Veillent à la lueur de quelques rares feux,
Avec douleur alors il abaisse ses yeux.
O spectacle touchant! au milieu de ces braves
Qui domptèrent le Russe aux plaines des Moraves;
Dans ce carré formé par leurs rangs belliqueux,
NAPOLÉON médite; et des airs avec eux
Supportant l'inclémence, il invoque, il implore,
Pour voler aux périls, les rayons de l'aurore.
Duroc, son messager dans le conseil des rois,
Qui des Francs, à leurs cours, revendiqua les droits,
Jouit de se revoir où la gloire l'appèle;
Et Berthier, du héros le ministre fidèle;

Vole, et prompt à servir sa mâle activité,
Semble en vingt lieux divers à-la-fois transporté.
Ces gardes généreux, cette escorte guerrière,
Se rappèle Austerlitz en revoyant Bessière.
Lefebvre aussi les guide; auprès d'eux sont encor
Les bataillons fameux que fit ranger Victor.
La terre des Césars fut leur première école:
Leur chef est ce guerrier que sur le pont d'Arcole, (o)
L'Adige vit, rival des Bayard, des Crillon,
Tomber, trois fois blessé, près de NAPOLÉON.
Leurs rangs sont peu nombreux; mais par leur renommée
Ces corps au champ d'honneur valent seuls une armée.
Pour les joindre plutôt, à pas précipités,
Ney, dans l'ombre, conduit ses soldats indomptés;
Soult franchit les vallons. Dévorant la distance,
Centaures de Murat, vous frémissez d'avance;
Vous accusez le sort, et vos coursiers sanglans
Bondissent sous l'acier qui déchire leurs flancs.
Comment dire jamais vos exploits, votre gloire;
La renommée a peine à suivre la victoire?

Cependant, sous l'effort et le fer des soldats, (p)
Le roc s'ébranle, cède et s'envole en éclats.
Pour frayer un passage on applanit la terre;
On la creuse, on l'élève, et les chars du tonnerre

Roulent sur ce *plateau* de foudres hérissé.
Ainsi nouveau rempart, dans un instant dressé,
En cratère brûlant se change un mont aride.
Tels s'ouvrirent jadis, sous les efforts d'Alcide,
D'Abyla, de Calpé, les abîmes profonds.

A ce nouveau prodige, à l'aspect de ces monts,
Du sage de Postdam l'ame auguste est émue.
Le tems fuit, et des siens la chûte est résolue.
Ah ! dans ces défilés, sans prudence engagé,
Leur guide à sa retraite a-t-il au moins songé ?
Non : dans son fol orgueil il n'a pu se connaître ;
Il crut les Francs vaincus, il n'a pas craint de l'être ;
Et pour ses légions plus d'espoir de retour.
Davoust est à Kœsen, Bernadotte à Naubourg.
O de l'activité pouvoir irrésistible !
Et quel est d'un mortel l'ascendant invincible !
Tel Frédéric le voit, tel les Germains l'ont vu ;
Et lui-même s'écrie : *Il a donc tout prévu.*

Les deux peuples rivaux ont ressaisi leurs armes.
Ils marchent au combat : qu'il va coûter de larmes !
Les rayons du matin, dans l'atmosphère épars,
Ont peine à traverser le voile de brouillards

Qui cache l'horizon, et d'épaisses ténèbres
Semblent couvrir de deuil ces plaines trop célèbres.
L'airain tonne, entouré d'une profonde nuit,
Le Franc vole sans crainte où l'honneur le conduit.

L'ombre de Frédéric, de nuage en nuage,
Suit, observe, attentive aux signaux du carnage,
Du héros, de Brunswick, les divers mouvemens.
Déjà l'air retentit d'affreux rugissemens:
Ces tubes destructeurs, ces foudres de la guerre,
Font de leurs coups pressés un seul coup de tonnerre.
De son coursier fumant précipitant les pas,
NAPOLÉON ordonne, harangue ses soldats.
Quels souvenirs de gloire! A leur ame étonnée
Ce jour rappèle d'Ulm la superbe journée.
Chefs de la Prusse, alors vous blâmiez les Germains;
Comme à leurs légions, vous fermant les chemins,
Ces guerriers dont l'ardeur ne peut être endormie,
Pour vous ouvrir leurs rangs, craignent trop l'infamie.

Impatiens alors, les hussards, les chasseurs,
Vont s'unir dans la plaine aux légers éclaireurs.
De vallons en vallons, aux accens de la joie,
Des colonnes des Francs chaque aîle se déploie.

Moins assurés peut-être à l'appel des clairons,
Ces gardes du héros, ces brillans escadrons,
Sous ses yeux, dans Paris, à ces publiques fêtes
Où des beaux-arts la paix consacra les conquêtes,
Couvraient le champ de Mars de flots impétueux,
Ou présentaient soudain un front majestueux.

Toi que d'un mot créa l'architecte suprême,
Orbe immense de feu qu'il suspendit lui-même
Au sein des airs, peuplés de mondes infinis,
Soleil, il en est tems, de tes feux réunis
Inonde ces vallons si connus de l'histoire;
Roi du jour, viens des Francs éclairer la victoire.

Déjà le haut des monts se peint de tes couleurs:
L'ombre de Frédéric, sur un char de vapeurs,
Au dessus d'Jéna se dirige et s'arrête.
Pour ses yeux paternels quel spectacle s'apprête!
Les côteaux sont couverts d'innombrables guerriers,
Et la terre a gémi sous leurs coups meurtriers.
De cette cîme étroite où la foudre s'allume,
Dont les flancs vont lancer le nître et le bitume;
Comme un nuage affreux d'où s'échappe l'éclair,
Les bataillons rivaux, tout hérissés de fer,

Descendent, et leurs rangs se forment dans la plaine.
Ainsi la vague suit la vague qni l'entraîne.
Des Vilses, des Semnons les enfans valeureux (*q*)
Ont vu leur roi guider son escadron poudreux;
Ils volent... Des Français la vieille infanterie
Oppose un mur d'acier à leur vaine furie.
Aux champs de Marengo tels l'honneur vous unit,
Gardes, si bien nommés le rocher de granit.
Du carré foudroyant une grêle enflammée
Part et vomit la mort en des flots de fumée.
Du plomb rapide atteints, fantassins, cavaliers,
Sont renversés, meurtris, sous les sanglans coursiers.
Sur des monceaux de morts le glaive ouvre un passage.
Les Semnons plus nombreux, respirant le carnage,
S'ébranlent à-la-fois. Prompts à les décevoir,
Tes soldats, Augereau, sauront les recevoir.
Devant tes étendards la phalange recule...
Les Francs, conduits par toi, sont les enfans d'Hercule.
Ainsi contre un écueil la vague bondissant,
Frappe, écume, se brise et fuit en mugissant.

Où vole ce guerrier ? contre les fils des Slaves, (*r*)
Ainsi par échelons s'étendirent ses braves;
Quand, aux murs d'Austerlitz, Alexandre égaré
Crut rompre des Français le bataillon sacré.

Mais déjà la terreur s'élance dans l'arène,
Marche à travers les rangs, les confond, les entraîne.
Frédéric voit tomber la fleur de ses guerriers.
Les cyprès de Rosbach se changent en lauriers.
Brunswick est expirant, la balle meurtrière
Ferme aux rayons du jour sa débile paupière.
Les Francs les ont conquis ces heureux étandards, (s)
Donnés par Frédéric, et leurs débris épars
Sont mêlés aux drapeaux dont la main d'Amélie
Orna de chiffres d'or l'aigle noire avilie.
Elle voulait du sang, et le plus pur coula :
Son époux crut sa haîne, et son trône croula.

Faible roi! dans ton cœur se cachait l'espérance :
Mais Soult guide vers toi les vengeurs de la France ;
Soldats, coursiers, tout tombe ; ils foulent à leurs pieds
Les chars armés d'airain, les bronzes foudroyés ;
Mais les guerriers que Ney sut rendre infatigables
Ont déployé soudain leurs lignes formidables.
Fiers gardes du héros, vous vous montrez alors !
Ces champs déjà sanglans vous les couvrez de morts.
Habiles fantassins, cavaliers intrépides,
L'élite des dragons presse vos pas rapides.
D'acier étincelans les ardens cuirassiers
Font plier sous leur poids leurs superbes coursiers.

Le Prussien pâlit : terrible, inévitable,
Une nouvelle armée, une armée indomptable
S'apprête à le couvrir de ses immenses flancs.
Ainsi quand vers l'Athos des nuages brûlans
Ont vomi le tonnerre; en ces forêts sauvages,
Après avoir au loin étendu ses ravages,
L'incendie, embrâsant les côteaux sinueux,
Entoure et ceint le mont d'une zône de feux.

Le philosophe roi des siens voit la défaite;
L'art des combats préside à leur prompte retraite :
Ces chefs, de Frédéric belliqueux nourrissons,
Ils suivent donc toujours ses prudentes leçons!
Vain espoir! sur leurs flancs nos cuirassiers s'élancent;
Valeureux duc de Berg! tes dragons les devancent.
Le fer brille en leurs mains, frémissans, furieux,
De voir se décider la victoire sans eux,
Par-tout en même tems leurs escadrons terribles
Présentent le trépas sous cent formes horribles.

Des Semnons en fureur, cinq fois les rangs pressés
Se reforment, cinq fois ils s'ouvrent renversés.
Des épis sous la faulx la chûte est moins subite.
Elle n'existe plus cette superbe élite,

Ces gendarmes si vains! ô revers inouis!
Les projets de l'orgueil sont tous évanouis.
Des Teutons fugitifs les déplorables restes
Vont errer, affamés, dans ces plaines funestes.
Encore quelques jours, aux yeux de l'univers,
Leurs cohortes, sans nom, imploreront des fers.
Encore quelques jours, Berlin, sur ses murailles,
Va, dans NAPOLÉON, voir le dieu des batailles.
Berlin, tes défenseurs dans ton sein reviendront;
Mais le joug des captifs aura courbé leur front.

O Français dont l'honneur est l'antique héritage,
Dont l'œil, étincelant des éclairs du courage,
Ne compte les guerriers à vous vaincre acharnés,
Qu'étendus sur l'arène, expirans, enchaînés;
Du moins ces ennemis dont les aigles vous restent,
Étaient dignes de vous, ces champs de morts l'attestent.
Salut, mânes des Francs que l'airain mutila!
Salut, mânes des Francs que le fer immola!
Votre héros triomphe et pleure sa victoire;
Vos lauriers sont mouillés des larmes de la gloire.

L'esprit de Frédéric a lu dans l'avenir:
Comme un fleuve fougueux que ne peut contenir

Son lit trop resserré ; sous les glaces du pôle
Ses yeux ont vu les fils de l'opulente Gaule
S'étendre et repousser l'avide fils des Huns.
Au bout de l'univers envoyant ses tribuns,
Ainsi Rome enfermait en de sages limites,
Ces hordes si long-tems loin du Tibre proscrites.

« Quoi! dit le vieux monarque, arbitre des destins,
» Un guerrier rend aux Francs l'empire des latins!
» Aux Soudans du Bosphore il prête son tonnerre ;
» En superbe géant foule à ses pieds la terre!
» Et la terre obéit!... Des rois osaient encor
» Des crimes d'Albion se charger pour de l'or ;
» Le Grand-Peuple se lève, ils perdent leurs provinces.
» A la voix d'un soldat naissent de nouveaux princes.
» Funestes changemens! que d'empires acquis!
» Que de sceptres brisés, de trônes reconquis!
» Des sommets du Crapack, des champs de Sarmatie,
» Quelles mains vont régler les destins de l'Asie?
» La chaîne qui liait par de contraires lois
» La terre et l'océan, les peuples et les rois,
» De ses nouveaux anneaux court embrasser le monde.
» Un seul homme a tout fait. O sagesse profonde!
» Et quand des Frédéric il est l'heureux vainqueur,
» Mon génie est contraint d'admirer son grand cœur.

» Mais s'il sait triompher, il n'est point invincible...
» Il guide des Français, tout lui sera possible.
» O famille d'Albert! que vas-tu devenir »!

Il dit, et quelques pleurs, qu'il voudrait retenir,
Humectent lentement sa brûlante prunelle.
Le terme est expiré, la tombe le rappèle.
Où cacher ses regrets? que dire à ses aïeux!
En fuyant ces vallons teints d'un sang précieux,
Aux plus affreux pensers son ame reste en proie.

Mais dans les airs s'élève un murmure de joie,
Et vers NAPOLÉON, avec amour penchés,
Sur le front du héros les regards attachés,
Piaste et Jagellon, leurs généreuses races, (*t*)
Déjà de toutes parts ont volé sur ses traces;
Et le grand Casimir, et les deux Stanislas
Montrent l'appui des Francs au pieux Micislas.
Héros de Fontenoy, Maurice est près d'Auguste.
Ces princes, soulevés contre un partage injuste,
De la Pologne aux fers réclament tous les droits,
Et cet antique honneur de se choisir des rois.
Le grand Sobieski, le sauveur de l'Austrie,
Du doigt montre au vainqueur les champs de sa patrie.

Là, tout prêt à sortir du sommeil du lion,
Un peuple de guerriers attend NAPOLÉON.
Sobieski l'implore, et du sein de la nue,
Par ces mâles accens, parle à son ame émue.
« Poursuis, sage monarque, accomplis tes destins;
» Rends aux Francs leur splendeur, rends la paix aux humains.
» Dans ses fiers alliés écrase l'Angleterre.
» Charlemagne nouveau, change à ton gré la terre.
» Ce trône qu'au mépris des droits les plus sacrés, (*u*)
» Sapa l'ambition de trois rois conjurés,
» Que ton bras le relève. A la voix des oracles,
» Viens, et ton seul aspect enfante des miracles.
» Sois pour le Polonais, libre et victorieux,
» Ce héros par le ciel promis à nos aïeux ». (*v*)

A ces vœux répétés par l'écho des montagnes,
Les enfans du Sarmate inondent les campagnes.
De chants de liberté retentissent les airs,
Et du glaive des Francs jaillissent mille éclairs.
O Frédéric ! ton ombre entend ce cri de guerre,
Et rentre en frémissant dans les flancs de la terre.

FIN.

NOTES.

En nous occupant de quelques remarques essentielles pour éclaircir et justifier plusieurs passages, nous avons senti la nécessité de les faire précéder du 5e. Bulletin, et avec d'autant plus de raison que le plan de ce petit ouvrage a forcé de passer légèrement sur beaucoup de circonstances particulières à la bataille célèbre qui y est retracée, comme d'omettre les noms des corps qui se sont le plus distingués, et auxquels il n'a pu être rendu qu'un hommage général.

Ve. Bulletin de la Grande-Armée.

Jéna, 13 octobre 1806.

La bataille d'Jéna a lavé l'affront de Rosbach et décidé, en sept jours, une campagne qui a entièrement calmé cette frénésie guerrière qui s'était emparée des têtes prussiennes.

Voici la position de l'armée, au 13:

Le grand-duc de Berg et le maréchal Davoust, avec leurs corps d'armée, étaient à Naumbourg, ayant des partis sur Leipsick et Halle.

Le corps du maréchal prince de Ponte-Corvo était en marche pour se rendre à Dornnbourg.

Le corps du maréchal Lannes arrivait à Jéna.

Le corps du maréchal Augereau était en position à Kahla.

Le corps du maréchal Ney était à Roda.

Le quartier général à Gera.

L'EMPEREUR en marche pour se rendre à Jéna.

Le corps du maréchal Soult, de Gera était en marche pour prendre une position plus rapprochée, à l'embranchement des routes de Naumbourg et d'Jéna.

Voici la position de l'ennemi :

Le roi de Prusse voulant commencer les hostilités au 9 octobre, en débouchant sur Francfort par sa droite, sur Wurtzbourg par son centre, et sur Bamberg par sa gauche, toutes les divisions de son armée étaient disposées pour exécuter ce plan; mais l'armée française tournant sur l'extrémité de sa gauche, se trouva en peu de jours à Saalbourg, à Lobeinstein, à Schleitz, à Gera, à Naumbourg. L'armée prussienne, tournée, employa les journées des 9, 10, 11 et 12 à rappeler tous ses détachemens; et le 13, elle se présenta en bataille entre Capelsdorf et Auerstædt, forte de près de 150,000 hommes.

Le 13, à deux heures après-midi, l'EMPEREUR arriva à Jéna; et sur un petit plateau qu'occupait notre avant-garde, il aperçut les dispositions de l'ennemi qui paraissait manœuvrer pour attaquer le lendemain, et forcer les divers débouchés de la Saale. L'ennemi défendait en force, et par une position inexpugnable, la chaussée de

Jéna à Weimar, et paraissait penser que les Français ne pourraient déboucher dans la plaine sans avoir forcé ce passage. Il ne paraissait pas possible en effet de monter de l'artillerie sur le plateau, qui d'ailleurs était si petit, que quatre bataillons pouvaient à peine s'y déployer. On fit travailler toute la nuit à un chemin dans le roc, et l'on parvint à conduire l'artillerie sur la hauteur.

Le maréchal Davoust reçut l'ordre de déboucher par Naumbourg pour défendre les défilés de Koesen, si l'ennemi voulait marcher sur Naumbourg, ou pour se rendre à Apolda, pour le prendre à dos, s'il restait dans la position où il était.

Le corps du maréchal prince de Ponte-Corvo fut destiné à déboucher de Dornnbourg, pour tomber sur les derrières de l'ennemi, soit qu'il se portât en force sur Naumbourg, soit qu'il se portât sur Jéna.

La grosse cavalerie qui n'avait pas encore rejoint l'armée, ne pouvait la rejoindre qu'à midi; la cavalerie de la garde impériale était à trente-six heures de distance, quelque fortes marches qu'elle eût faites depuis son départ de Paris. Mais il est des momens à la guerre où aucune considération ne doit balancer l'avantage de prévenir l'ennemi et de l'attaquer le premier. L'Empereur fit ranger sur le plateau qu'occupait l'avant-garde, que l'ennemi paraissait avoir négligé, et vis-à-vis duquel il était en position, tout le corps du maréchal Lannes : ce corps d'armée fut rangé par les soins du général Victor, chaque division formant une aile. Le maréchal Lefebvre fit ranger au sommet la garde impériale en bataillon carré. L'Empereur bivouaqua au milieu de ses braves. La nuit offrait un spectacle digne d'observation, celui de deux armées dont l'une déployait son front sur six lieues d'étendue, et embrâsait de ses feux l'atmosphère ; l'autre dont les feux apparens étaient consentrés sur un petit point : et dans l'une et l'autre armée, de l'activité et du mouvement. Les feux des deux armées étaient à une demi-portée de canon ; les sentinelles se touchaient presque, et il ne se faisait pas un mouvement qui ne fût entendu.

Les corps des maréchaux Ney et Soult passaient la nuit en marche. A la pointe du jour, toute l'armée prit les armes. La division Gazan étoit rangée sur trois lignes, sur la gauche du plateau ; la division Suchet formait la droite ; la garde impériale occupait le sommet du monticule, chacun de ces corps ayant ses canons dans les intervalles. De la ville et des vallées voisines, on avait pratiqué des débouchés qui permettaient le déploiement le plus facile aux troupes qui n'avaient pu être placées sur le plateau ; car c'était peut-être la première fois qu'une armée devait passer par un si petit débouché.

Un brouillard épais obscurcissait le jour. L'EMPEREUR passa devant plusieurs lignes. Il recommanda aux soldats de se tenir en garde contre cette cavalerie prussienne qu'on peignait comme si redoutable. Il les fit souvenir qu'il y avait un an qu'à la même époque ils avaient pris Ulm ; que l'armée prussienne, comme l'armée autrichienne, était aujourd'hui cernée, ayant perdu sa ligne d'opérations, ses magasins ; qu'elle ne se battait plus dans ce moment pour la gloire, mais pour sa retraite ; que cherchant à faire une trouée sur différens points, les corps d'armée qui la laisseraient passer, seraient perdus d'honneur et de réputation. A ce discours animé, le soldat répondit par des cris de *marchons!* Les tirailleurs engagèrent l'action. La fusillade devint vive. Quelque bonne que fût la position que l'ennemi occupait, il en fut débusqué; et l'armée française, débouchant dans la plaine, commença à prendre son ordre de bataille.

De son côté, le gros de l'armée ennemie, qui n'avait eu le projet d'attaquer que lorsque le brouillard serait dissipé, prit les armes. Un corps de 50,000 hommes de la gauche, se posta pour couvrir les défilés de Naumbourg, et s'emparer des débouchés de Koesen; mais il avait déjà été prévenu par le maréchal Davoust. Les deux autres corps, formant une force de 80,000 hommes, se portèrent en avant de l'armée française qui débouchait du plateau d'Iéna. Le brouillard couvrit les deux armées pendant deux heures, mais enfin il fut dissipé par un beau soleil d'automne. Les deux armées s'aperçurent à petite portée de canon. La gauche de l'armée française, appuyée sur un village et des bois, était commandée par le maréchal Augereau. La garde impériale la séparait du centre qu'occupait le corps du maréchal Lannes. La droite était formée par le corps du maréchal Soult; le maréchal Ney n'avait qu'un simple corps de 3,000 hommes, seules troupes qui fussent arrivées de son corps d'armée.

L'armée ennemie était nombreuse et montrait ne belle cavalerie. Ses manœuvres étaient exécutées avec précision et rapidité. L'Empereur eût desiré retarder de deux heures d'en venir aux mains, afin d'attendre, dans la position qu'il venait de prendre après l'attaque du matin, les troupes qui devaient le joindre et sur-tout sa cavalerie; mais l'ardeur française l'emporta. Plusieurs bataillons s'étant engagés au village de Hollstedt, il vit l'ennemi s'ébranler pour les en déposter. Le maréchal Lannes reçut ordre sur-le-champ de marcher en échelons pour soutenir ce village. Le maréchal Soult avait attaqué un bois sur la droite; l'ennemi ayant fait un mouvement de sa droite sur notre gauche, le maréchal Augereau fut chargé de le repousser; en moins d'une heure l'action devint générale; 250 ou 300,000 hommes avec 7 ou 800 pièces de canon, semaient par-tout la mort, et offraient un de ces spectacles rares dans l'histoire. De part et d'autre on manœuvra constamment, comme à une parade. Parmi nos troupes il n'y eut jamais le moindre désordre : la victoire ne fut pas un moment incertaine. L'Empereur eut toujours auprès de lui, indépendamment de la garde impériale, un bon nombre de troupes de réserve pour pouvoir parer à tout accident imprévu.

Le maréchal Soult ayant enlevé le bois qu'il attaquait depuis deux heures, fit un mouvement en avant. Dans cet instant, on prévint l'Empereur que la division de cavalerie française de réserve commençait à se placer, et que deux nouvelles divisions du corps du maréchal Ney se plaçaient en arrière sur le champ de bataille. On fit alors avancer toutes les troupes qui étaient en réserve sur la première ligne, et qui se trouvant ainsi appuyées, culbutèrent l'ennemi dans un clin-d'œil, et le mirent en pleine retraite. Il la fit en ordre pendant la première heure; mais elle devint un affreux désordre du moment que nos divisions de dragons et nos cuirassiers, ayant le grand-duc de Berg à leur tête, purent prendre part à l'affaire. Ces braves cavaliers frémissant de voir la victoire décidée sans eux, se précipitèrent par-tout où ils rencontrèrent des ennemis. La cavalerie, l'infanterie prussienne ne purent soutenir leur choc. En vain l'infanterie ennemie se forma en bataillons carrés, cinq de ses bataillons furent enfoncés ; artillerie, cavalerie, infanterie, tout fut culbuté et pris. Les Français arrivèrent à Weimar en même tems que l'ennemi, qui fut ainsi poursuivi pendant l'espace de six lieues.

A notre droite, le corps du maréchal Davoust faisait des prodiges. Non-seulement il contint, mais mena battant plus de trois lieues, le gros des troupes ennemies qui devait déboucher du côté de Koesen. Ce maréchal a déployé une bravoure distinguée et de la fermeté de caractère, première qualité d'un homme de guerre. Il a été secondé par les généraux Gudin, Friant, Morand, Daultanne, chef de l'état-major, et par la rare intrépidité de son brave corps d'armée.

Les résultats de la bataille sont 30 à 40,000 prisonniers; il en arrive à chaque moment; 25 à 30 drapeaux, 300 pièces de canon, des magasins immenses de subsistances. Parmi les prisonniers se trouvent plus de vingt généraux, dont plusieurs lieutenans-généraux, entr'autres le lieutenant-général Schmettau. Le nombre des morts est immense dans l'armée prussienne. On compte qu'il y a plus de 20,000 tués ou blessés; le feld-maréchal Mollendorff a été blessé ; le duc de Brunswick a été tué ; le général Rüchel a été tué ; le prince Henri de Prusse grièvement blessé. Au dire des déserteurs, des prisonniers et des parlémentaires, le désordre et la consternation sont extrêmes dans les débris de l'armée ennemie.

De notre côté, nous n'avons à regretter parmi les généraux que la perte du général de brigade Debilly, excellent soldat; parmi les blessés, le général de brigade Couroux. Parmi les colonels morts, les colonels Vergès, du 12e. régiment d'infanterie de ligne ; Lamotte, du 36e.; Barbenègre, du 9e. de hussards; Marigny, du 20e. de chasseurs; Harispe, du 16e. d'infanterie légère; Dulembourg, du premier de dragons; Nicolas, du 61e. de ligne; Viala, du 81e.; Higonet, du 108e.

Les hussards et les chasseurs ont montré, dans cette journée, une audace digne des plus grands éloges. La cavalerie prussienne n'a jamais tenu devant eux, et toutes les charges qu'ils ont faites devant l'infanterie ont été heureuses.

Nous ne parlons pas de l'infanterie française; il est reconnu depuis long-tems que c'est la meilleure infanterie du monde. L'Empereur a déclaré que la cavalerie française, après l'expérience des deux campagnes et de cette dernière bataille, n'avait pas d'égale.

L'armée prussienne a, dans cette bataille, perdu toute retraite et toute sa ligne d'opérations. Sa gauche, poursuivie par le maréchal Davoust, opéra sa retraite sur Weimar, dans le tems que sa droite et son centre se retiraient de Weimar sur Naumbourg. La confusion fut donc extrême. Le roi a dû se retirer à travers champs, à la tête de son régiment de cavalerie.

Notre perte est évaluée à 1000 ou 1100 tués et 3000

blessés. Le grand-duc de Berg investit en ce moment la place d'Erfurt, où se trouve un corps d'ennemis que commandent le maréchal Mollendorff et le prince d'Orange.

L'état-major s'occupe d'une relation officielle qui fera connaître, dans tous ses détails, cette bataille et les services rendus par les différens corps d'armées et régimens. Si cela peut ajouter quelque chose aux titres qu'a l'armée à l'estime et à la considération de la nation, rien ne pourra ajouter au sentiment d'attendrissement qu'ont éprouvé ceux qui ont été témoins de l'enthousiasme et de l'amour qu'elle témoignait à l'EMPEREUR au plus fort du combat. S'il y avait un moment d'hésitation, le seul cri de *vive l'Empereur!* ranimait les courages et retrempait toutes les ames. Au fort de la mêlée, l'EMPEREUR voyant ses aîles menacées par la cavalerie, se portait au galop pour ordonner des manœuvres et des changemens de front en carrés; il était interrompu à chaque instant par des cris de *vive l'Empereur!* La garde impériale à pied voyait, avec un dépit qu'elle ne pouvait dissimuler, tout le monde aux mains et elle dans l'inaction. Plusieurs voix firent entendre les mots: *en avant!* « Qu'est-ce? dit » l'EMPEREUR, ce ne peut être qu'un jeune homme qui » n'a pas de barbe qui peut vouloir préjuger ce que je » dois faire; qu'il attende qu'il ait commandé dans trente » batailles rangées avant de prétendre me donner des » avis ». C'était effectivement des vélites dont le jeune courage était impatient de se signaler.

Dans une mêlée aussi chaude, pendant que l'ennemi perdait presque tous ses généraux, on doit remercier cette providence qui gardait notre armée. Aucun homme de marque n'a été tué ni blessé. Le maréchal Lannes a eu un biscayen qui lui a rasé la poitrine sans le blesser. Le maréchal Davoust a eu son chapeau emporté et un grand nombre de balles dans ses habits. L'EMPEREUR a toujours été entouré, par tout où il a paru, du prince de Neufchâtel, du maréchal Bessière, du grand maréchal du palais Duroc, du grand écuyer Caulaincourt, et de ses aides-de-camp et écuyers de service. Une partie de l'armée n'a pas donné, ou est encore sans avoir tiré un coup de fusil.

NOTES.

(*a*) La Grande-Armée arrive aux plaines des Semnons;
Déjà de l'Ostphalie elle a franchi les monts.

Les Suèves-Semnons furent les premiers habitans de l'Ostphalie ou Saxe orientale, dont la Vieille-Marche faisait anciennement partie.

(*b*) Devant les Francs, devant ces tubes homicides,
Foudre et glaive à-la-fois dans leurs mains intrépides;
Devant ce fer, par eux l'instrument des destins,
A Jemmape, en un jour, si fatal aux Germains,
L'oppresseur des Saxons fuit et jète ses armes.

Ce fut à Jemmape que l'on vit, pour la première fois, quel parti la valeur française pouvait tirer de la bayonnette, et c'est en effet depuis cette journée que cette arme terrible est devenue, entre les mains de nos soldats, l'instrument fidèle de la victoire.

A l'affaire de Schleitz, le maréchal prince de Ponte-Corvo, à la tête de ses colonnes, enleva le village où était retranché un général prussien avec 10,000 hommes. Le général Wathier, avec le 4e. régiment de hussards et le 5e. de chasseurs, la 27e. légère et son commandant Maisons, montrèrent pour la première fois aux Prussiens, qu'ils étaient les vainqueurs d'Austerlitz. L'infanterie ennemie jetta ses armes et prit la fuite devant les bayonnettes françaises. Le grand-duc de Berg était au milieu des charges, le sabre à la main.

(*c*) A ce cri plein d'horreur, à ce signal de mort,
Qui dans le cœur des rois éveille le remord,
Les descendans d'Albert de leurs tombeaux répondent

Le traité conclu en 1525 entre la Pologne et les chevaliers Teutons, changea la qualité du margrave *Albret* ou *Albert,* grand-maître de l'ordre teutonique, en l'établissant duc séculier et héréditaire de la Prusse ultérieure qui ne fut encore qu'un fief de la Pologne. Jean Sigismond reçut en 1611 l'investiture du duché de Prusse. Frédéric Guillaume, fils de *Georges* Guillaume, obtint par le traité de paix de Westphalie, la Poméranie et Magdebourg; rétablit et agrandit ses états dévastés, et mérita le surnom du *Grand-Électeur.* Son fils parvint en 1701 à faire ériger en royaume ce faible duché de Prusse, dont il fut le premier roi sous le nom de Frédéric Ier. L'Empereur Léopold fit cette érection par reconnaissance des services que ce Prince lui avait rendus dans les guerres que l'Autriche avait soutenues. La Prusse n'était qu'un vaste désert; l'orgueil ridicule de son premier roi l'eût perdue, si la sage économie et l'esprit militaire de Frédéric Guillaume II, n'avaient promptement remédié aux erreurs de son père. Cet empire naissant fut repeuplé, embelli, et le Grand

Frédéric le porta au plus haut degré de splendeur et résista à la moitié de l'Europe. On peut se faire une idée des travaux de cet homme extraordinaire, en observant que son père lui laissa une armée de 60,000 hommes, bien disciplinés, et qu'il sut la porter à 200,000.

(*d*) La Suède arme-t-elle?... armemens superflus!
Gustave est dans la tombe et Charles ne vit plus.

Gustave-Adolphe II, dit le Grand, porta la guerre dans le sein de l'Allemagne, qu'il parcourut en moins de deux ans et demi, depuis la Vistule jusqu'au Danube et au Rhin. Tout se soumit à lui; toutes les villes lui ouvraient leurs portes. Il s'avançait en augmentant toujours son armée, défendant, sous les peines les plus sévères, de faire le moindre tort aux habitans, et distribuant des vivres aux pauvres et des secours aux infortunés. Il força, les armes à la main, l'électeur de Brandebourg, à se joindre à lui. L'électeur de Saxe lui donna ses propres troupes à commander. L'électeur Palatin, dépossédé, vint combattre avec son protecteur.

Gustave remporta une victoire complète dans les environs de Leipsick. *Tilly*, vaincu devant cette ville, l'est encore par le héros au passage du Leck. Il donne enfin, dans la grande plaine de Lutzen, la fameuse bataille contre *Walstein*, autre général de l'empereur. Les Suédois remportent la victoire, mais ils perdent Gustave dont le corps fut trouvé parmi les morts, percé de deux balles et de deux coups d'épée. Ce héros disait ordinairement *qu'il n'y avait pas d'hommes plus heureux que ceux qui mouraient en faisant leur métier* : il eut cet avantage et emporta dans le tombeau le nom de *Grand*, les regrets du Nord, et l'estime de ses ennemis.

Jamais on ne vit d'armée mieux disciplinée que celle des Suédois, durant une guerre de 30 ans. Tous les enfans qu'ils avaient eus depuis l'entrée de Gustave-Adolphe en Allemagne, étaient accoutumés aux coups de fusil, et portaient, dès l'âge de six ans, de quoi manger à leurs pères qui étaient dans les tranchées ou en faction.

Charles XII commença comme Alexandre : impatient de régner, il se fit déclarer majeur à 15 ans; et lorsqu'il fallut le couronner, il arracha la couronne des mains de l'archevêque d'Upsal, et se la mit lui-même sur la tête avec un air de majesté qui en imposa à la multitude. Menacé par trois puissances, le Danemarck, la Pologne et la Russie, Charles, âgé à peine de 18 ans, attaque ces rois l'un après l'autre, assiège Copenhague, force Frédéric IV au traité humiliant de Travendal, marche droit à Nerva, assiégée par cent mille Russes; il les attaque avec neuf mille hommes, et les force dans leurs retranchemens : trente mille furent tués ou noyés; vingt mille demandèrent quartier; le reste fut pris ou dispersé. Le vainqueur voulut se venger d'Auguste après s'être vengé du Czar; et bientôt, maître de Varsovie, il gagne la bataille de Clissau, malgré les prodiges de valeur de son ennemi. Auguste est détrôné; Stanislas Leczinski, qu'il fait élire, affermi sur le trône, le héros Suédois tourne de nouveau ses armes contre le Czar; les Moscovites abandonnent Grodno à son approche, il les met en fuite, passe le Borythène, traite avec les Cosaques, et vient camper sur le Dezena.

Charles XII, après pluseurs avantages, s'avançait vers Moscou, par les déserts de l'Ukraine. La fortune l'abandonne à Pultava. Réduit à chercher un asyle chez les Turcs, il ne sort de la retraite forcée où il s'était fait reléguer, que pour aller attaquer la Norwège et trouver la mort au siège de Fredericshall. Au mois de septembre 1718, une balle perdue l'atteignit à la tête, comme il visitait les ouvrages des ingénieurs, à la lueur des étoiles, et le renversa mort.

(*e*) Non loin des lieux témoins d'un serment téméraire,
Vers ces jardins, ce parc, où sous les yeux d'un père;
Guidant, novice encor, sa garde de géans:
Il semblait préluder aux exploits éclatans
Que l'avenir gardait à son jeune courage.
Le prince alors contemple, assis sur un nuage,
Ces palais érigés, avec l'or des Germains,
Créés par sa valeur, ouvrage de ses mains.

Ce fut à Postdam et sur le tombeau du grand Frédéric, qu'Alexandre prononça, le 4 novembre 1805, ce célèbre serment qui mit l'Europe en feu, et que la journée d'Austerlitz le força de désavouer; heureux de sauver les restes de son armée, condamnée à évacuer l'Allemagne par journées d'étape.

Postdam est divisée en vieille ville, ville neuve et Friederichstad. Le palais royal, situé dans la premiere des trois, fut achevé par Frédéric II. Le jardin s'étend jusqu'aux bords de la Havel. La place de parade occupe du même coté le terrain intermédiaire entre ce bâtiment et le jardin. C'est sur cette place que Frédéric, alors prince héréditaire, faisait manœuvrer ce régiment fameux dans toute l'Europe. C'était son plus grand moyen pour appaiser son père irrité.

Frédéric, dans une lettre à Mr. Sulm, alors envoyé de Saxe à Pétersbourg, sur des tracasseries dont il venait d'être l'objet, disait : *le roi a pris feu. je me suis tenu serré ; mon régiment à fait merveille ; et le maniement des armes, un peu de farine jettée sur la tête des soldats, des hommes de six pieds passés et beaucoup de recrues, ont été des argumens plus forts que ceux de mes calomniateurs*

Ce monarque fournit lui-même les dessins du château de *Sans-Souci*, qu'il fit construire dans les commencemens de son règne, sur une montagne aride et déserte, divisée en six terrasses ; le château est situé au sommet, d'où la vue s'étend par dessus la ville et les campagnes qui l'environnent. Il n'est à la vérité que d'un seul étage et d'une étendue peu considérable, mais il est bâti selon toutes les règles de l'art et avec toute l'élégance possible. Le salon, qui est au milieu, est de forme ovale et entièrement incrusté de marbre ; il est surmonté d'un dôme. La bibliothèque est pratiquée audessous des appartemens, Vis-à-vis de la façade antérieure de ce château, est un côteau planté de vignes en terrasses, au bas duquel est un jardin orné d'un beau bassin entouré de douze figures et grouppes de marbre. A la droite est un autre côteau sur lequel est bâti un pavillon, au milieu d'une petite forêt de mélèses : l'orangerie est au dessous. On découvre à gauche un pavillon semblable au précédent et entouré d'arbres de même espèce. La galerie des tableaux est au bas du côteau.

On entre dans le parc en sortant du jardin, et l'on aperçoit de loin le nouveau château, au bout d'une allée, à gauche de laquelle on découvre une maison bâtie à la japonaise; et au milieu de cette même allée une magnifique colonnade circulaire. Plus loin, et après avoir passé le pont de pierre construit sur le canal dont le nouveau château est entouré, s'élèvent deux temples, dans l'un desquels se trouve la précieuse collection de pierres fines et d'antiques.

On parvient enfin au *nouveau château* que Frédéric II fit bâtir selon l'esquisse qu'il en fournit lui-même, après le traité de paix couclu à Hubertsbourg. Il a cela de particulier qu'on ne remarque aucune sorte de porte à l'extérieur, ni de degrés dans l'intérieur. Les unes ressemblent et sont confondues avec les croisées; les autres sont dérobés et hors de vue. Le corps du bâtiment est à trois étages, ceintré par le milieu, en forme de belvédère, qui, dans cette partie, est surmonté d'un dôme. La façade est ornée de pilastres cannelés selon l'ordre corinthien, et devant chaque pilastre est une statue. Le côté qui fait face au jardin a deux aîles, chacune d'un étage : elles sont surmontées l'une et l'autre d'un dôme avec une lanterne. Le principal côté de cet édifice est moins étendu que celui du jardin; mais, ainsi que l'autre, il a deux aîles en avant de même hauteur que l'édifice. L'emplacement qui se trouve entre ces deux aîles et le corps du bàtiment, est couvert de carreaux de dalles, et fermé par un grillage de fer qui va joindre les deux aîles. Vis-à-vis de l'entrée principale sont deux autres bâtimens de trois étages, chacun d'eux ayant une avance à son entrée, au dessous de laquelle est un perron orné de colonnes de l'ordre corinthien, et de statues qui en font le fronton. Entre ces deux mêmes édifices est une superbe colonnade en demi-cercle, et au milieu un portail. La beauté et la magnificence des appartemens est au dessus de ce qu'on pourrait en dire. Les tapisseries et l'ameublement sont d'une grande richesse ; ils sont en outre relevés par une quantité considérable de tableaux des meilleurs peintres.

(f) Il admire Berlin, formé de cinq cités ;
La Sprée, en écumant, de ses flots argentés
L'environne ; et ses bras, pénétrant son enceinte,
De nœuds multipliés de toutes parts l'ont ceinte.

Berlin, la capitale et la première ville de tous les états, royaux et électoraux, est, à proprement parler, un composé de cinq villes :

1°. *Berlin*, qui, selon le traité de Mr. Susmilch, ne fut bâti que dans le douzième siècle, sous le règne du margrave Albert, surnommé l'Ours. Son nom dérive d'une digue construite pour retenir les eaux de la Sprée, ouvrage qu'anciennement on appelait *Bœr* et *Berlin.*

2°. *Cologne* (*Cœln*) bâtie aussi du tems d'Albert, soit par des émigrans du Bas-Rhin, soit même par des peuples qui habitaient aux environs de Cologne, fut d'abord une ville séparée des autres. La Sprée en fait une île en l'environnant de toutes parts par deux de ses bras. Cette partie renferme le château royal et l'église cathédrale des calvinistes, dans le caveau de laquelle sont déposés les corps des rois et des électeurs Le *nouveau Cologne* fait une partie notable du vieux Cologne dont il est séparé par un bras de la Sprée.

3o. *Frederics-Werder*, que l'électeur Fréderic-Guillaume fit bâtir, occupe une île formée par deux bras de la Sprée : l'un le sépare de Cologne, et l'autre de Fredericstadt Le palais du margrave Henri et celui du Prince de Prusse, sont dignes de remarque. *L'arsenal royal* est situé vis-à-vis du dernier de ces palais ; ce bâtiment est magnifique, et il y a une telle quantité d'armes qu'aucun autre ne peut lui être comparé.

4°. La ville de Dorothée (*Dorothéestadt*) ou la ville neuve, fut également bâtie par le grand électeur qui lui donna le nom de son épouse : elle est située entre Frederics-Werder, Fredericstadt, le parc et la Sprée.

5o. La ville de Frédéric (*Fredericstadt*), fut bâtie par l'électeur Frédéric III, dans le commencement de son règne.

Il est surprenant avec quelle célérité cette capitale s'est accrue depuis le règne de l'électeur Frédéric Guillaume. Elle ne consistait en 1645 que dans les deux villes de Berlin et de Cologne; et à cette époque, elle ne contenait encore que 1,236 maisons. En 1690 on n'y comptait que 14,000 ames, et en 1772 le nombre des maisons se trouva être de 6,170, et celui des habitans de plus de 106,969, et il augmenta encore depuis considérablement. La révocation de l'édit de Nantes fut le principe de cette grande population. Les Français se réfugierent en foule dans les terres de l'électorat, et y firent fleurir le commerce par la quantité de manufactures qu'ils y établirent.

Berlin fut prit par les Russes et les Autrichiens en 1760. Les contributions que la ville fut obligée de payer pour la seule Impératrice de Russie, se montèrent à 1,500,000 écus, et celles pour les troupes Russes et Autrichiennes à 200,000 écus.

(g) O plaines de Rosbach, avec ravissement

Frédéric vous contemple!...

Dans les environs de Rosbach, Frédéric II gagna le 5 novembre 1757, sur les troupes françaises et sur celles des cercles, la bataille mémorable, à laquelle ce village donna son nom. Avant cette bataille, Frédéric mis au ban de l'empire, déclaré déchu de toutes ses dignités et de toutes ses possessions dans l'Allemagne, et se trouvant dans la situation la plus désespérée, forma le projet de se tuer, et écrivit au marquis d'Argens, une longue épitre en vers dont Voltaire a conservé quelques passages, parmi lesqnels ont peut citer ceux-ci :

Depuis long-tems pour moi, l'astre de la lumière
N'éclaire que des jours signalés par mes maux :
Depuis long-tems Morphée, avare de pavots,
N'en daigne plus jeter sur ma triste paupière.
Je disais ce matin, les yeux couverts de pleurs,
Le jour qui dans peu va paraître,
M'annonce de nouveaux malheurs;
Je disais à la nuit, tu vas bientôt paraître
Pour éterniser mes douleurs.

Vous, de la liberté, héros que je révère,
O mânes de Caton, ô mânes de Brutus!
Votre illustre exemple m'éclaire:
Parmi l'erreur et les abus
C'est votre flambeau funéraire
Qui m'instruit des chemins, peu connus du vulgaire,
Que nous ont tracés vos vertus.

Banni, persécuté, fugitif dans le monde,
Trahi par des amis pervers,
Je souffre, en ma douleur profonde,
Plus de maux dans cet univers
Que dans la fiction de la fable féconde
N'en a jamais souffert Prométhée aux enfers.

Tu vois dans ce cruel tableau
De mon trépas la juste cause;
Au moins ne pense pas du néant du caveau
Que j'aspire à l'apothéose;
Mais lorsque le printems paraissant de nouveau
De son sein abondant t'offre des fleurs écloses,
Chaque fois d'un bouquet de myrthes et de roses,
Souviens-toi d'orner mon tombeau.

Dans le même tems, Frédéric envoya au philosophe de Fernay, des vers où il paraît avoir moins écouté le désespoir.

Voltaire dans son hermitage,
Dans un pays dont l'héritage
Est son antique bonne foi,
Peut se livrer en paix à la vertu du sage
Dont Platon nous marque la loi.
Pour moi, menacé du naufrage,
Je dois en affrontant l'orage,
Penser, vivre et mourir en roi.

Au moment où il paraissait le plus dénué de ressources, Frédéric en trouva dans son génie. Soubise était campé avantageusement près de Micheln, entre la Sale et l'Unstrut; le roi sut avec adresse le tirer de sa position avantageuse, et parvint à diriger l'attaque vers le flanc gauche où il voulait qu'elle se fît. La bataille de Collin avait inspiré plus de prudence à Frédéric et plus de confiance à ses ennemis. Les troupes combinées, en lui voyant abandonner son camp comme en désordre, craignirent que cette petite armée ne leur échappât, et elles s'empressèrent de la poursuivre, résolues de l'enfermer, et de l'enlever ou de la détruire.

Déjà leurs colonnes commençaient à tourner l'armée prussienne. Frédéric feignit d'abord de se retirer vers Mersebourg; les tentes restaient dressées; l'armée semblait vouloir éviter l'ataque; une petite hauteur la dérobait aux yeux des ennemis. Mais Seidlitz, à la tête de la cavalerie de l'aîle droite qu'il commandait, n'avait suivi le chemin de Mersebourg que tant qu'il avait été à portée d'être vu; dès qu'il se vit caché par les hauteurs, il vint se réunir à la gauche de l'armée, et se trouva sur le flanc de l'armée combinée Cette dernière s'avançait toujours sur la hauteur, croyant poursuivre une armée en déroute, lorsque tout-à-coup ils trouvèrent les Prussiens en ordre de bataille, avec une rangée de batteries. Aussitôt Seidlitz se précipite avec sa cavalerie sur l'ennemi; le désordre se met dans les rangs, on ne donne pas le tems aux soldats de se former de colonne en ordre de bataille. Soubise essaya d'attaquer avec la bayonnette, en défendant aux troupes de tirer : elles ne firent ni l'un ni l'autre. Sans confiance dans leurs chefs, les Français furent sans valeur. Eh ! comment auraient-ils pu conserver quelqu'assurance, guidés par des officiers découragés et qui avaient dit eux-mêmes d'avance, en quittant Paris : *Nous allons nous faire battre sous Soubise*. Quand ils avaient à combattre Frédéric, Frédéric qu'ils regardaient comme le héros de son siècle; l'admiration qu'il inspirait à ses ennemis même était telle qu'un grenadier français, qui se battait en désespéré, répondit à ce prince qui l'engageait à se rendre, en lui demandant s'il était invincible : *Oui, sire, si vous nous commandiez*. Comment n'eût-il pas été chéri de nos guerriers, ce roi généreux, qui disait, en allant voir les officiers blessés : *Je ne puis m'accoutumer à regarder les Français comme mes ennemis*.

A Austerlitz, l'Empereur sut aussi, par une feinte retraite, forcer les Russes à sortir d'une position où il n'eût pu les combattre avec avantage; il égara leur orgueil en se repliant avec une armée victorieuse et qui devait inspirer plus de défiance à l'ennemi que les trente mille soldats avec lesquels Frédéric s'éloignait de Rosbach. A Jéna le vainqueur d'Austerlitz fit plus encore, il sut envelopper et disperser l'armée ennemie; ces généraux prussiens qui ne croyaient que quatre mille hommes sur la cîme du *Landgrave*; ces généraux qui s'étudiaient à singer les manières du Grand Frédéric, ne furent tous que des *Soubise*. Le vainqueur s'arrêta dans les plaines de Rosbach, devant cette colonne dressée pour éterniser l'affront fait au lys; et ce monument, purifié par un de ses regards, transporté bientôt dans la capitale, deviendra, consacré par lui-même, le plus beau trophée de la victoire.

(*h*) Aux remparts de Lutzen, vers ces monts, dans ces champs
Si remplis de hauts faits, de souvenirs touchans.

En 1632, dans les environs de la ville de Lutzen, les Suédois et les Impériaux se livrent entr'eux un combat terrible; les premiers furent victorieux, mais ils perdirent leur grand roi Gustave-Adolphe.

L'endroit où son corps fut trouvé percé de coups, n'est marqué que par une pierre brute qu'on y a dressée, et que l'on voit encore de nos jours.

(*i*) C'est le fougueux Louis, c'est le fils de ce frère,
De ce bon Ferdinand, dont l'amitié sincère
Consolait sa vieillesse, en charmait les soucis.

Auguste Ferdinand, frère de Frederic II, grand-oncle du roi régnant, eut, de son union avec Elizabeth-Louise de Brandebourg Schwedt, deux fils, Frédéric-Louis Christian, tué à l'affaire de Saalfeld, après avoir trois fois chargé nos troupes; et Fréderic-Guillaume-Henri Auguste. Le prince et la princesse Ferdinand se font chérir à Berlin par leurs vertus. L'Empereur, après son entrée dans cette capitale, fut leur rendre visite.

(j) Sous quels coups expirans... -sous les coups d'un soldat,
Répond l'ombre : un soldat, grand de son seul courage,
Osa me proposer l'opprobre et l'esclavage;
Mon glaive l'en punit; la vengeance à la main
Ouvrit jusqu'à mon flanc un rapide chemin.

A l'affaire de Saalfeld, où la division du général Suchet se couvrit de gloire et culbuta l'avant-garde du prince Hohenlohe, les 9e. et 10e. régimens d'hussards chargèrent avec tant de vigueur la cavalerie prussienne, qu'il lui fut impossible de se rallier, et l'infanterie prussienne fut dispersée dans les bois ou jetée dans un marais.

Voyant ainsi la déroute de ses gens, le prince Louis de Prusse, en brave et loyal soldat, se prit corps-à-corps avec un maréchal-des-logis du 10e. régiment d'hussards. *Rendez-vous, colonel*, lui dit le hussard, *ou vous êtes mort.* Le Prince lui répondit par un coup de sabre : le maréchal-des-logis riposta par un coup de pointe, et le prince tomba mort. (*deuxième Bulletin.*)

(k) Vieux Brunswick, qu'as-tu fait!...

Le duc de Brunswick a eu tous les torts dans cette guerre; il a mal conçu et mal dirigé les mouvemens de l'armée; il croyait l'Empereur à Paris lorsqu'il se trouvait sur ses flancs; il pensait avoir l'initiative des mouvemens, et il était déjà tourné. *(quinzième Bulletin.)*

(l) Au plus haut de ces monts dont l'inégale chaîne
Domine d'Jéna les remparts et la plaine,
Il se pose, entouré d'un amas de vapeurs,

La ville d'Jéna est située près la Saale, dans une agréable vallée qu'environnent des côteaux et des montagnes plantés de vignes. Son circuit forme un carré oblong, entouré de fossés et de murailles flanquées de tours. Sa célèbre université fut fondée en 1548 et inaugurée en 1558. Son château était autrefois le lieu de résidence de la branche d'Jéna, collatérale de la branche principale de Saxe-Weimar. Les édifices publics qui dépendent de l'université sont le *convictorium*, le consistoire, l'observatoire, l'église, le collége théologique, la nombreuse et importante bibliothèque de l'université, celle de Buder, le jardin botanique, et une tour distribuée de manière à pouvoir contenir le collége académique.

(m) Tu vois près d'eux ces chefs ... ah! prends soin de leur vie,
Ils marchent à regret à cette guerre impie;
Ils suivent leur monarque, indignés, mais soumis.

Il faut signaler les hommes qui n'ont pas partagé les illusions des partisans de la guerre : ce sont les respectables feld-maréchal Mollendorff, et le général Kalkreuth. (*XVe. Bullet.*)

(*n*) Il vient environné de ses gardes fidèles;
Sa main frappe : la veille elle offrait le pardon.

La lettre que l'Empereur écrivit au roi de Prusse, ne lui fut remise que le 14 octobre, à neuf heures du matin, c'est-à-dire lorsque déjà l'on se battait.

On rapporte aussi que le roi de Prusse dit alors : « Si » cette lettre était arrivée plutôt, peut-être aurait-on pu » ne pas se battre; mais ces jeunes gens ont la tête telle- » ment montée, que s'il eût été question hier de la paix, » je n'aurais pas ramené le tiers de mon armée à Berlin ».

Le roi de Prusse, que la reine excitait à la guerre, en lui rapportant qu'on disait qu'il n'était pas brave, et que s'il ne faisait pas la guerre, c'est qu'il n'osait se mettre à la tête de l'armée, a eu deux chevaux tués sous lui, et a reçu un coup de fusil dans la manche. (*XV*[e]. *Bullet*)

(o) Leur chef est ce guerrier que sur le pont d'Arcole
L'Adige vit, rival des Bayard, des Crillon,
Tomber, trois fois blessé, près de Napoléon.

A Arcole où l'intrépide Augereau porta un drapeau jusqu'à l'extrémité du pont, sous le feu de l'ennemi, où l'Empereur, alors général en chef, fut rejoindre Augereau, un étendard à la main, en demandant aux soldats s'ils n'étaient plus les vainqueurs de Lodi; le général Lannes, déjà blessé de deux coups de feu, retourna au combat, et reçut une troisième blessure plus dangereuse.

(p) Cependant, sous l'effort et le fer des soldats,
Le roc s'ébranle, cède et s'envole en éclats.

Cette montagne sur laquelle on parvint à conduire de l'artillerie et où l'Empereur établit son bivouac, se nommait *Landgrave*. La ville d'Jéna et l'université ont cru devoir changer cette dénomination ancienne : et maintenant ce rocher où se verront long-tems les travaux de nos braves, porte le nom de *Mont Napoléon*.

(q) Des Vilses, des Semnons les enfans valeureux
Ont vu leur roi guider son escadron poudreux.

On peut regarder les Prussiens et sur tout les habitans de la Marche de Brandebourg, comme les descendans des *Suèves-Semnons* qui occupèrent les premiers ces contrées.

Les *Vénédes* leur succédèrent, puis les *Saxons*. Charlemagne rendit tributaires les peuples nommés *Vilses* ou *Lutices*, qui s'y établirent en même tems que les Vénédes.

Le nom de Prusse vient de *Borusses*, anciens habitans de cette faible partie de la Pologne. Les chevaliers *Teutons*, secondés par les chevaliers Porte-Glaives, réduisirent toute la Prusse dans l'espace de cinquante-trois ans.

(r) Où vole ce guerrier ? contre les fils des Slaves :
Ainsi par échelons s'étendirent ses braves,
Quand aux murs d'Austerlitz, Alexandre égaré,
Crut rompre des Français le bataillon sacré.

A la bataille d'Austerlitz, la gauche, commandée par le maréchal Lannes, se déploya devant l'ennemi, marchant en échelons, donna trois fois, et toutes les charges furent victorieuses. (*Voyez* le 30°. Bulletin de la guerre d'Allemagne.)

(s) Les Francs les ont conquis, ces heureux étendards
Donnés par Frédéric, et leurs débris épars
Sont mêlés aux drapeaux dont la main d'Amélie
Orna de chiffres d'or l'Aigle noire avilie.

Il y avait le 17 octobre, plus de quarante-cinq drapeaux au quartier-général. Il est probable (dit le 9°. Bulletin) qu'il y en aura plus de soixante. Ce sont des drapeaux donnés par le Grand Frédéric à ses soldats : celui du régiment des Gardes, celui du régiment de la Reine brodé des mains de cette princesse, sont au nombre. Le nom de la reine de Prusse est Louise-Auguste-Wilhelmine-Amélie de Mecklembourg-Strelitz.

(t) Piaste et Jagellon, leurs généreuses races,

Déjà de toutes parts ont volé sur ses traces.

La Pologne fut long-tems occupée par les Vendales, qui furent chassés en partie par les Russes et les Tartares. *Cracus* fut le premier duç des Polonais, et fonda Cracovie. En 830 sa postérité s'éteignit, et un paysan nommé *Piastus*, fut élevé à la dignité ducale. Il vécut cent vingt ans, et son règne fut si long et si fortuné, que depuis on a donné le nom de *Piaste* à tout Polonais élevé au trône.

Micislas ou *Micislaw*, fut le premier duc chrétien qu'eurent les Polonais; et son fils Boleslas, le premier roi : ce titre lui fut conféré en 999, par l'empereur Othon III. Les empereurs usaient dès-lors du droit de créer des rois. Quelques années après, le pape Silvestre II donna le même titre à Boleslas, prétendant qu'il n'appartenait qu'au pape de le donner. Les peuples jugèrent entre les empereurs et les pontifes romains, et la couronne devint élective. C'est en partie la source de tous les malheurs qui ont affligé la Pologne.

Casimir le Grand se rendit maître de la Russie rouge, en fit une province polonaise, et termina, en 1370, la race des Piastes. C'est à ce prince qne la Pologne est redevable de ses lois.

Jagellon, grand duc de Lithuanie, se maria avec Edwige, fille puînée de Casimir, que les Polonais avaient couronnée, se convertit à la religion chrétienne en 1386, prit le nom d'Uladislas, et devint la tige de la race Jagellone. Ce prince réunit son grand duché avec la Pologne, et vainquit les chevaliers Teutons, en 1410, dans la sanglante bataille de Tonnenberg. Ce fut en 1525, et sous le dernier fils du Grand Casimir, qu'Albert, margrave de Brandebourg, quitta la qualité de grand-maître de l'ordre Teutonique pour celle de duc de Prusse, et devint feudataire du roi et du royaume de Pologne.

Jean Sobieski, grand maréchal et grand général de la couronne, se fraya un chemin au trône par la victoire qu'il remporta sur les Turcs, près de Choczim, et par la délivrance de Vienne. Sa mort enfanta de grands troubles. Auguste, électeur de Saxe, fut proclamé par l'évêque de Cujavie. Chassé du trône par Charles XII, qui y fit monter *Stanislas*, il y fut rétabli par Pierre-le-Grand. Le prince *Maurice*, qui fut ensuite le fameux comte de Saxe, était fils naturel d'Auguste Ier.

(u) Ce trône qu'au mépris des droits les plus sacrés,
Sapa l'ambition de trois rois conjurés.
Que ton bras le relève....

Le démembrement de la Pologne offre l'exemple le plus terrible des malheurs qui arrivent aux états électifs entourés de voisins puissans. En 1764, l'Impératrice de Russie avait envoyé à la cour de Varsovie un acte de renonciation, signé de sa propre main et scellé du sceau de l'empire, par lequel elle déclarait « qu'elle n'a entendu » s'arroger, par aucuns moyens, soit à elle-même, soit à ses » héritiers ou successeurs, soit à l'Empire, aucun droit » ou prétention sur les pays ou territoires maintenant » possédés par le royaume de Pologne ou le grand duché » de Lithuanie, ou soumis à leur administration; mais » qu'au contraire, sadite majesté garantissait auxdits » royaume de Pologne et duché de Lithuanie, toutes les » immunités, terres, territoires et provinces dont lesdits » royaume et duché doivent jouir de droit, ou qu'ils

» possèdent actuellement ; et que dans toutes les circonstances et à perpétuité, elle leur en maintiendra la jouissance libre et entière, contre les prétentions de toutes les puissances qui essaieraient de les en déposséder en quelque tems et sous quelque prétexte que ce puisse être ».

Dans la même année le roi de Prusse signa aussi de sa propre main, un acte dans lequel il déclarait « qu'il » n'avait formé aucune réclamation sur la Pologne ou » partie de ce pays ; qu'il renonçait à toutes prétentions » sur ce royaume, soit comme roi de Prusse, soit comme » électeur de Brandebourg ou duc de Poméranie ». Dans ce même acte, *il garantit*, de la manière la plus solennelle, *le territoire et les droits de la Pologne contre les entreprises des autres pouvoirs, quels qu'ils fussent.*

L'impératrice, reine de Hongrie, écrivit, au mois de janvier 1771, de sa propre main au roi de Pologne, une lettre dans laquelle elle lui donnait les plus fortes assurances, « que son amitié pour lui et la république était » ferme et inaltérable ; que le mouvement de ses troupes » ne devait pas l'alarmer ; qu'elle n'avait jamais eu l'idée » de s'emparer d'aucune partie de ses possessions, et » qu'elle ne souffrirait pas qu'aucun pouvoir le fît ».

Et l'année suivante, 1772, le roi de Prusse, l'empereur et l'impératrice-reine, et l'impératrice de Russie étaient alliés pour partager et démembrer la Pologne. Cependant la Prusse avait été vassale de la Pologne ; la Russie, au commencement du dix-septième siècle, avait vu sa capitale et son trône occupés par les Polonais ; et l'Autriche, en 1683, dut à un roi de Pologne, à Sobieski, la conservation de sa capitale et son propre salut. En 1791, une nouvelle révolution en électrisant les Polonais, leur permit de se donner une constitution nouvelle et qui semblait devoir les faire arriver à ce degré de civilisation auquel les autres nations européennes étaient parvenues dès le treizième siècle. Mais en 1793, le roi de Prusse fait marcher ses troupes vers la Pologne, et il base son manifeste sur la nécessité *d'arrêter les progrès que les principes démocratiques français ont déjà fait dans la grande Pologne.* La diette de la nation proteste en vain contre cette invasion; l'armée prussienne avance toujours; les portes de Thorn sont enfoncées, et la ville traitée par les soldats comme si elle eût été prise d'assaut. L'impératrice de Russie fait aussi paraître son manifeste : la religion est invoquée pour justifier cet acte atroce de rapines et d'injustices; elle ne veut que *maintenir la tranquillité*, que *protéger la religion chrétienne, qui serait détruite par l'introduction de l'affreuse doctrine propagée* par quelques Polonais indignes qui avaient adopté les plans détestables et destructeurs des rebelles de France. C'est pourquoi pour l'indemniser de ses pertes, pourvoir à la sûreté de son empire et des dominations polonaises, et prévenir tout changement futur dans le gouvernement, elle fait gracieusement connaître son intention de réunir à la couronne de Russie, pour le bonheur de ses habitans, toutes les parties de la Pologne qu'elle a possédées depuis. Le roi de Prusse ne vit aussi d'autre moyen de préserver la république de Pologne des funestes effets de ses divisions intestines, et prévenir sa totale destruction, que celui d'incorporer ses provinces frontières; et en conséquence il prit Dantzick, Thorn, etc.

Les moyens employés pour la ridicule ratification du partage de ce malheureux pays sont aussi bas et aussi vils que les motifs qui l'avaient occasionné. Au mois de septembre, la diette fut assaillie pendant trois jours consécutifs de notes officielles des ambassadeurs de Russie et de Prusse, pleines de menaces et pressant la signature du traité. Néanmoins les états persistèrent dans leur refus. A la fin, M. de Sievers, ambassadeur de Russie, envoya son *ultimatum* dans une note qui finissait par ces expressions remarquables : « le soussigné doit d'ailleurs informer » les états de la république, assemblés en diette générale, » qu'il a cru qu'il était absolument nécessaire, afin de » prévenir toute espèce de désordre, de faire cerner le » château par *deux bataillons de grenadiers*, avec quatre » pièces de canon, pour assurer la tranquillité de leurs » délibérations. Le soussigné s'attend que la séance ne » sera pas levée avant que la signature demandée ne soit » déterminée ». Ainsi fut obtenu ce traité tyrannique; mais bientôt Kosciusko, à la tête de vrais Polonais, venge sa patrie opprimée, tandis que Stanislas est réduit à une garde Russe *pour sa sureté.* Les Russes veulent s'emparer de l'arsenal de Varsovie, et le peuple révolté les chasse de la ville, d'accord pour la première fois avec son infortuné monarque qui lui dit de *défendre son honneur*; bientôt une guerre affreuse s'allume : Kosciusko est blesé et pris; et le détestable Suvarow, qui à cause de sa cruauté ordinaire avait été choisi pour ce ministère de bourreau, après la prise du faubourg de Prague, y fait continuer le massacre pendant deux heures, et le pillage jusqu'au lendemain dans l'après-midi. Les bourgeois furent obligés de mettre bas les armes, et leurs maisons furent pillées par les Russes qui, dix heures après que la bataille eut cessé, mirent le feu à la ville, recommencèrent à massacrer les habitans; neuf mille personnes, hommes, femmes et enfans, furent ou la proie des flammes, ou passés au fil de l'épée; et presque tout le faubourg fut réduit en cendres. On compte que dans le cours de ce siége, les Polonais ne perdirent pas moins de trente mille hommes. Le roi, rétabli dans une espèce d'autorité, fut enfin obligé de quitter sa capitale et relégué à Grodno, puis à Pétersbourg où on lui donna une place et une pension.

(v) Sois pour le Polonais libre et victorieux :
Ce héros par le ciel promis à nos aïeux.

Les émigrés Polonais au service de France n'ont point un seul instant perdu l'espoir de voir un jour le trône de Pologne se reformer de ses débris. Cet espoir est même devenu pour eux une certitude, lorsqu'ils ont pu contempler de près le vainqueur d'Egypte, d'Italie et d'Allemagne : il sera un jour le vainqueur du Nord, disaient-ils, aux Français attendris qui leur parlaient de leur patrie. Parmi le peuple de Pologne, il existe une tradition bien ancienne, qui annonce que le royaume de Pologne sera détruit, mais que la tyrannie des étrangers ne sera point de longue durée ; que, régénérés par un homme extraordinaire et rétablis dans tous leurs droits, les Polonais redeviendront une nation puissante. Ces idées enflammaient leur courage ; et en rapportant ces traditions, plusieurs m'ont dit en souriant : nous savons que chaque peuple a ses oracles, ses chimères ; mais ce n'est point être superstitieux que d'attendre de grandes conceptions de l'invincible NAPOLÉON.

www.ingramcontent.com/pod-product-compliance
Ingram Content Group UK Ltd.
Pitfield, Milton Keynes, MK11 3LW, UK
UKHW012257240726
13966UKWH00004B/1458